KB143071

그리운 무게

그리운 무게

초판 발행 ㅣ 2016년 9월 1일

지은이 ㅣ 백종식
펴낸이 ㅣ 신중현
펴낸곳 ㅣ 도서출판 학이사
　　　　　출판등록 : 제25100-2005-28호
　　　　　주소 : 대구광역시 달서구 문화회관11안길 22-1(장동)
　　　　　전화 : (053) 554-3431, 3432
　　　　　팩스 : (053) 554-3433
　　　　　홈페이지 : http : // www.학이사.kr
　　　　　이메일 : hes3431@naver.com

ⓒ 2016, 백종식
이 책의 저작권은 저자에게 있습니다. 저자와 출판사의 서면 동의없이
내용의 일부를 인용하거나 발췌하는 것을 금합니다.

ISBN _ 979-11-5854-036-4 03810

그리운 무게

백종식 시집

學而思 | 학이사

　　　　　자선냄비에
　　　　　제법 큰
　　　　성금 한번 못 넣어본 작자에게
　　　　불의에 멍든 이웃들이나
　　　짓밟히다 사멸하는 생명체들의 아픔
　　달래주고 싶은 충정衷情이 자꾸만 발동하여,
　　그렇잖아도 시달리는 불면의 가지를
　　　흔들어대니, 딱한 노릇이다.

　　　　　무릇 시인은
　　　　　시詩는
　　　　읊조리는 즐거움 드리는 것이
　　　사명이라고 평소 생각하지만, 오히려
　읽어야 하는 괴로움 안기지나 않을까 저어하며
　　독자제위께 삼가 인사 올린다.
　　이 가을엔 그리고 겨울엔 내내 두루
　　　심신心身 아픈 일 없으시기를.

　　　　　2016년 초가을에
　　　　　백종식

차례

2. 신문을 펼치면

3. 양파 닮은 사람과

4. 미완성의 아름다움

1

연꽃에 대한 경의

연꽃에 대한 경의

내 마음 진실로
임처럼 자비로워본 적 없었기에
하늘 담은 이슬그릇 무거워 보입니다.

스스로 연모하는 혼탁의 늪
죄악의 찌꺼기들을 흔연히 걸러내어
해맑게 되돌려주는 정갈한 숨결

합장 사이사이 맺힌
땀방울 닦으시라, 수면 위에
초록수건 한 장 펴드리지 못했어도

염원 스민 무지갯빛 언어로
싱그러운 아침미소 늘 지어요, 하시는
아, 비구니 손가락 모음 항아리여!

첫눈

아우성의 환생
도저히 남몰래 내릴 수 없다.
가슴에 사근사근 아련히 새겨진
저마다의 추억 때문에……
첫사랑이 오신다고
모두들 밖으로 뛰쳐나가야 하는
불사不死의 환호.
순백 그대 영혼의 차림새
소복소복, 소복素服으로 맞이하고픈
접신接神에의 본능.

아아, 그대여.
내가 첫눈이라면,
그대 저토록 날 반겨줄까.
첫눈 되어 그대 어깨에 살며시 앉는다면,
그대 귀찮다 털어버리지나 않을까.

택배 宅配

기다리는 눈은 오지 않고,
희한한 택배가 왔다.
물품명, '눈'.
가진 것 너무 없는 청빈한 불충을
이 겨울 가기 전에 눈이 와야만
그것으로 신세진 이들에게
떡고물인양 한 접시씩 듬뿍 대접하리라
마음먹는 딱한 그에게
하늘의 다급한 부름 받은 천사로부터
택배가 왔다. 허나,
뛰는 가슴 누르며 묵직한 박스의 포장과
뚜껑을 조심스레 열었을 때,
아, 그 안에는
기다림의 열기 너무 뜨거웠던지
애써 부쳐온 눈뭉치들은 다 녹아져 없고,
그 대신 한가득 격려만이
하얗게 그를 향해 미소 짓고 있었다.
그는 결국, 아직 얼굴 모르는
그녀에게 새로운 신세만 지고 말았다.

눈 오지 않는 이상한 겨울의
신비스러운 택배
멀고 먼 그리움.

서설瑞雪에게

문득 누군가가 그리워지고
어디론가 훌쩍 떠나고 싶은 날이면,
어김없이 너의 편지가 날아온다.
험담 같은 건 아예 사양하고,
그 은혜로운 연륜 결코 자랑치지 않는
담백한 사연들로만 채워진 편지가 온다.
황금복돼지의 해가 아니더라도
항시 받는 이에게 좋은 일만 있으라고,
순은純銀빛 눈가루에 실어 보내는
눈 시린 떡고물 선물뭉치여.
낯선 타관 부질없이 떠돌아다니다,
불현듯 달려가 와락 끌어안고픈 누님과
쓰다듬어주고픈 사랑스런 누이들이
오순도순 화롯가 둘러앉아
푸짐한 인절미며 가래떡, 그리움의
콩가루며 조청 듬뿍 묻혀 기다리는 곳.
문득 누군가가 그리운 날이면,
찾아가 함께 밤새도록 얘기하고 싶은
은은한 평화의 나라, 너의 품!

그리운 무게

바람 부는 날
그네가 그네를 탄다.
저 혼자 몸을 뒤척여가며
모처럼 홀가분한 자신의 무게를
저울질해본다.

몇 번 흔들림만으로
바람의 무게가 자신의 몸무게임을
자신이 다이어트 필요 없는
가장 바람직한 몸매임을
새삼 확인한다.

하지만, 깜냥을 염려하였다면,
한가로움을 사랑했다면,
자신보다 무거운
아가와 누나, 다람쥐와 곰돌이
어떨 땐 나뭇잎까지 사시사철 태울
엄두나 냈을까?

그 무게가 자꾸 그리워지는
바람 부는 날.

제철 잊은 환상

갠 날, 어린이놀이터
철꽃 핀 화단블록에 걸터앉아
아이들 그네 타는 모습을,
미끄럼 타는 모습을 보는 것은
얼마나 즐거운 일인가.
그네에 함께 실려 구름이 되어보는,
미끄럼에 함께 쓸려 바람이 되어보는
그 제철 잊은 환상이
아아, 얼마나 느꺼운 일인가.

예순 개의 해거름나이테
나는 문득 아니, 아주 가끔은
한 마리 은빛연어가 되어
탯줄의 강 거슬러가고 싶을 때가 있다.
어머니 자궁 속에서 들었던
동화이야기 그리울 때가 참 많다.

초겨울 무제無題

엊그제 석양 무렵
나들이 다녀오는 승용차 뒷좌석에서
다섯 살 그 집 딸아이 어디론가 손 흔들다,
누군가를 부르듯 차창에 선명히 찍어 논
고사리 손바닥, 다섯 손가락 자국.

서리 내린 아침
길 잃고 헤매던 다섯 손가락 단풍잎
차창 손바닥 위에 판박이로 내려 앉아,
찬바람에 오들오들 떨어가며
밤새도록 애타게 누군가를 기다리고 있었다.

동화, 코스모스

그것은
꿈에서 갓 깨어난
여덟 꽃잎의 추억입니다.

아주, 아주 먼 옛날
긴 시간 하늘여행에 지쳐,
무지개에 앉아 잠들었던 나비 떼들.
몽롱한 꿈속 세상에서
여덟 가지 무지갯빛 나비 되어,
같은 색깔 녀석끼리 서로 사랑에 빠져
구름 속 황홀하게 날아다니다,
너무 오랜 시간 깊은 잠에 빠져버린 사이
날개 그만 무지갯빛으로 물들어,
꿈결에서 깨어나지 못한 채
그대로 여덟 잎 꽃잎이 되었다는
슬프고 아름다운 이야기.

그래서 꽃잎마다
그리움이, 기다림이, 애달픔이……,
못 이룬 사랑의 추억들 함초롬히 맺혀
하늘에 하소연하느라 한들거리고 있나봅니다.

달 항아리

한가위 전날이면
이웃과 두루 나눠먹어야 한다며
달 송편 푸짐하게 빚으시던
어머니.
생애의 끝자락마저 소신공양하신
떡가루 닮은 마음 흔적
화덕에서 부대낀 신열 식히시라
달빛 시원한 산기슭에 뿌려드렸더니,
어느 겨를에 고령토 되어
보름달 항아리로 몸 바꿔 오시어,
머리맡 문갑 위에 앉아
아침저녁 입버릇처럼 당부하는 말씀
베풀며 살아라,
그래야만 모두에게 좋으니라.
눈빛 저고리, 우아한 미소 넉넉한
저 눈부시게 단정한
보신報身!

내 손이 약손

1

어릴 적, 칼에 베이거나
뛰놀다 넘어져 무릎 깨져 울고 있을 때,
그이는 빨간약 발라준 뒤, 상처를 '호오, 호오~.' 불며 되뇌
셨다.
"내 손이 약손, 내 손이 약손~, 이제 나았다."
그러면 신통하게도 아픔은 사라지고, 금방 다 나은 듯했다.

낮에, 어쩌다 손을 크게 다쳤다.
응급조처로는 감당 못할 만큼 흘린 피 ─. 병원에선 우려의
말을 들었다.
고열과 통증. 잠을 못 이루고 신음하였다.

2

암흑과 혹한 속에 서 있었다. 앞뒤로 획획 질주하는 경적과
굉음. 혼돈의 광장 같았고, 나는 끝 모를 저 편으로 건너가야
했다. 반드시 그래야 할 상황임에도 공포에 질려 한 걸음도 떼
지 못하고, 속절없이 떨고만 있었다.

그때, 보이지 않는 도톰한 손 하나.

내 아픈 손 살포시 감싸 쥐며 이끌기 시작했다.
포근함이여, 이렇게 따뜻할 수가 있을까.
어디쯤에 이르렀을 때, 곁에서 들려오는 나지막한 목소리.
"다 왔다, 이제 걱정 말거라."
몇 차례 더 붕대 속 부은 손 쓰다듬어주며,
"많이 아팠제? 곧 나을게다." 그리고는
메아리 되어 점점 멀어져가는 소리.

체온의 자취 향해 눈을 치떴지만, 발만 동동 구를 따름.
확인할 길 없는 안타까움.
한 순간, 섬광 한 줄기 번쩍 지나가며
거기, 찰나로 언뜻 비친 뒷모습!
애타게 목 메이게 얼마나 오래도록 그이를 불렀을까.

3
새벽 베갯머리 온통 적시게 한
쪽찐 머리에 은비녀,
정갈한 옥색 치마저고리 단정히 여미시던
아아, 그 손!

석류알

알갱이 한 알마다
기구한 사연 배어 있는,
투명했던 추억들 한데 어우러져
하나의 이야기로 물들다
마침내 바알간 구슬로 반짝거리는,
그 영롱한 빛깔 뒤에
끝내 풀 길 없는 설움과 한숨,
밖으로 뱉지 못한 한恨 덩어리들의
시린 하소연 숨어 있는,
그렇게 사시다 엊그제 떠나가신
누님의 사리舍利!

봄비
- 떠나는 누이에게

너, 먼 데 새색시 되어 가던 그 날도
이슬 봄비 내렸지, 아마.
너, 상여 떠나보내고 귀향하던 그 날도
봄비가 안개 속에 뿌렸지, 아마.
너, 들국화처럼 두견화처럼
이슬 먹으며 안개 맞으며 함초롬히 살아오다,
더 먼 데로 후울 홀 떠난다는 오늘도
꽃비 닮은 봄비 우수수 내리는데,
정작 보내는 가슴에 아롱아롱 맺히는 이 멍울은
애처로운 빗물의 파편인가, 눈물방울인가.

고산골 맨발산책길

달팽이가 느릿느릿
프랭크 시나트라의 '마이웨이' 부르네.
매미가 목청 가다듬어
아다모의 '눈이 내리네' 애잔하게 부르네.
무당벌레가 신들려 흐느끼듯
패티 김의 '가을을 남기고 떠난 사람' 부르네.
그리고, 참 희한스럽게도
하늘소가, 반딧불이가, 풍뎅이가, 꿀벌이
추억의 명곡만 골라 선창하면,
일제히 합창하는 감미로운 진풍경.

열아홉 가로등 기둥에 쌍쌍이 매달려
사시사철 밤낮을 잊은 '곤충 합창단'의 콘서트
살아온 세월처럼 쫓기듯 바삐 걷지만 말고,
가끔씩은 벤치에 몇 분쯤 머물며
색 바랜 앨범, 첫사랑 얼굴 한 번쯤 떠올려보라는
갸륵한 미물들의 간곡한 권유 현장.

제야除夜에는

이 밤엔 한 번쯤
우람한 종鐘이 되어보자.
석별의 아쉬움에만 젖어있지 말고,
그간 소홀했던 누군가의 가슴
토닥여줄 수 있는
서른세 번 종소리로 은은히 녹아보자.
시간은 결코 분절되지 않는
아날로그.

이 어둠 가시면
어제의 태양 다시 솟나니, 그러므로
마지막이란 서운한 단어 떠올리지 말고,
서른세 층보다 더 높이 쌓은
증오의 돌탑
사과와 용서로 하나하나 무너뜨리며,
새해엔 더욱 사랑해줄게,
나직이 울리어보자.

시 닦는 여인

제목이 그 뭐더라, 자네 시가
달성군청 부근 국도변 버스 승강장 대합실에 걸려있어, 무
척 자랑스럽다네.
친근한 이들의 제보 여러 차례 듣고 못내 궁금하던 중
초겨울 어느 황혼 무렵, 어렵사리 찾은 현장.

흰색 플라스틱 조명판 위에 궁서체 청색으로 새겨 놓았지만,
영호남 질주하는 먼지에 덮여 큰 포인트 제목마저 흐릿했을
졸시 '안개꽃'의 반가움에 앞서
무정했던 주인을 맞이하는 뜻밖의 정경.

수수한 차림새 낯선 중년 여인이
몇 번을 빨았을지 모를 걸레로 시 닦기를 마무리하고 있는데,
꽤 오랜 시간 소모한 노동의 흔적인 양
두루마리 휴지 한 통 점선도막들이 철공소의 하루를 벗어난
피곤한 오뉘들처럼
서로 뭉쳐져 여기저기 새까맣게 몸져누워 있었다.

전원생활 일과처럼 평생 김매고 푸성귀 가꾼 솜씨
여인의 순박한 손 호미 닿는 곳마다

꽁꽁 얼어붙었던 흙덩이는 온기로 부드러워졌고, 더욱 정갈해진 이랑과 이랑 사이로

제철 잊은 안개꽃 작디작은 봉오리, 봉오리들이

비닐하우스 속 더운 선잠 깨듯 무더기 무더기로 앙증맞은 얼굴을 드러내고 있었다.

그녀의 손길 도저히 미치지 못하는 창틀 위 둔덕 닦기를 쑥스럽게 거들며, 짐짓

— 시를 좋아하시나 부죠? — 아뇨.

— 이 시인을 아십니까? — 몰라요, 어떻게 알겠어요?

— 근데 왜? — 내용은 잘 모르지만, 차 기다리며 볼수록 참 곱다고 느껴지는 예술작품이 먼지 속에 방치되어 있는 게 왠지 미안한 생각이 들데요.

꾸밈없는 한 방울 한 방울 뿌려질 적마다 대합실 안엔 그 어절만큼의 꽃망울 움트는데,

여남은 번은 흔쾌히 지나보냈을 그녀의 버스가 마침내 안개꽃의 산모를 싣고

새로운 먼지 일으키며 황급히 사라져 갈 때

나는 다만 이미 자욱해진 어둠의 안개를 응시할 뿐이었다.

안녕 아줌마

아파트 입구 나무 그늘
나 혼자만 일컫는 '건강음료합창단'
지휘자 그녀는
잠꼬대도 '안녕하세요?' 이리라.

출퇴근길 누구에게나 골고루 들려주는
"안녕하세요?"
맑은 목소릴 귀보다는 뒤꼭지로 많이 듣는다.
그 뒤꼭지가 아침저녁 귀 노릇하듯
노란 모자에 숨겨진 그녀 뒤꼭지엔 눈이 있나 보다.

그녀의 소극장 가끔 들여다보면,
야쿠르트, 윌, 세븐, 수퍼백, 에이스, 쿠퍼스……,
이름 뜻도 건강한 앙증맞게 크고 작은 합창 단원들이
실로폰처럼 가지런히 질서 있게 모여,
'도, 레, 미, 파, 솔, 라, 시, 도~' 높낮이 맞추어
기다렸다는 듯 "건강하세요~."를 합창한다.

이때만큼 나무 그늘은
앞산 약숫물, 향긋한 풀내음과 어우러지는

엔돌핀의 옹달샘.

십여 년의 사시사철
그녀가 "안녕하세요?"하면,
때론 눈송이들이, 때론 빗방울들이,
벚꽃들이, 개나리들이, 돌 틈에 얼굴 내민 들꽃들이
그녀에게 뒤질세라 일제히 관현악이 되어주는
"건강하세요~."의 하모니─.

그런 그녀를
처음엔 '뒤꼭지 아줌마' 라 부르다가,
그녀 음정과 음색에서 순수의 담백함 느낀 뒤부터
지금은 스스럼없이 '안녕 아줌마' 라 부른다.

살아있는 소리 · 1

"응애에~, 응애에~."
어떤 음성, 음향으로도 성대모사 불가능한
백일百日 전 신생아의 울음소리.

천상天上과의 별리 서러워하는 울음.
풀잎 끝 대롱대롱 새벽이슬방울이
아쉽게 또르르 옹달샘에 떨어질 때의 끝소리 닮은
같은 음정이 숨 쉴 겨를 없이 같은 음폭으로 반복되는
슬픈 듯 신비로운 여운의 소리.

신혼부부네 앞집에서
어느 날부터 그 소리가 들려왔다.
지상地上의 새 가족이 낯설어 불안한 울음과
극진한 위로와 안락 주는 웃음소리가
인기척 없던 그 집에서 온종일 어우러져 흘러나왔다.

우리 집은 삼십 년 전, 둘째 하강下降 이후
아직 고즈넉한 산사山寺인데.

살아있는 소리 · 2

동틀 무렵, 샤워하고 세수하는 소리
살아있는 그가 기지개 켜는 소리.
이른 아침, 설거지통 그릇들 부딪히는 소리
그것들을 진정시키는 물소리
살아있는 그녀가 하루를 서두르는 소리.

얼마 전, 다정하던 이가 죽었다.
수목장壽木葬하는 중에도
산새소리, 목탁소리가 끊임없이 들려왔다.
깨어나라고, 일어나 구수한 입담 얘기해보라는
복화술複話術처럼 쉼 없이 주입해주는 숨결에도
그의 싱그럽던 웃음소리는 한갓 피뢰침에 걸린 낙뢰
솔잎에 묻혀 끝내 땅속으로 사라져갔다.

한밤중, 그의 요란한 코고는 소리.
그녀의 정화조淨化槽 뒷물 보내는 소리.
품위와는 거리 먼 화음和音일지라도 이것들은
건강하고 친숙한 그의, 그녀의
엑스파일 여닫히는 신선한 소리임을.

파랑새와 꽃잎

사월 초파일의 산사山寺
극락전과 명부전 한눈에 들어오는
등나무 그늘 드리워진 마당귀

여든여섯, 여든, 일흔여섯, 일흔셋, 예순일곱…….
나이 합하면, 울타리에 흐드러진 연산홍 만큼의
수효는 됨직한 오남매 둘러 앉아,
함께 오지 않은 예순한 살 막내 아쉬워하며
지금 아픈 몸들보다 더 아팠던 세월들
줄지어 선 연등에 띄우고 있습니다.

"올 때는 순서 있었지만, 갈 땐 순서 없다네,
우야든지 순서대로 가도록 기도하세나."
맨 윗분의 조근조근한 말씀에 모두들 숙연한데,
"응당 그래야지요."
내일 수술 예약해 놓은 셋째가 답합니다.

극락전과 명부전 지붕 끝과 끝 사이를
여유롭지 못했던 영혼의 환생이듯
포르르, 포르르~ 날아다니던

파랑새 한 마리
하필 그때 연산홍 꽃무더기 포르륵~ 스치자,
꽃잎 몇 장 핏방울처럼 떨어집니다.

아직 고운 그 주검들은
맨 먼저 피었던 것도, 더구나
맨 위에서 방실대던 것도 아니었습니다.

볼에서 온 그대
 - 첫 손자의 첫돌에 붙여

네가 떠나온 그 별은
새소리 가득 찬 낙원이었더냐.
네가 두고 온 그 별의 사람들은
휘파람이 모든 언어였더냐.

볼 풍선 부풀지 않고도
때론 노고지리 소리 같기도,
때론 제비 소리 같은 지저귐 옹알이로
나의, 우리의 아침을 일깨우는
'볼' 그레한 목소리의 그대.

궁금한 게 왜 그리 많은지
보이는 것마다 햇고사리 손가락질로
신비론 휘파람 언어 섞어 물어오는
눈, 코, 입이며 종아리
온몸, 볼처럼 몽실몽실한 아가.

머나먼 별과의 인연
긴 시공時空을 숙명처럼 날아와,
많고 많은 보금자리 가운데

서른세 해 적막했던 겨울 버드나무에
평화의 둥지 틀어주어 고마운

이곳에서의 새 이름
'백 · 연 · 우'
'볼' 이란 별에서 온 그대!

페로몬의 집

그 집—.

긴 비 그친 뒤,
수해로 사라진 정든 집터 떠나와
낯선 인도블록 틈새 부지런히 파내려가 지은 집.
실향민의 망연함 어디에도 보이지 않고,
굴삭기 없이도, 철근 콘크리트 넣지 않고도
맨 이빨, 어깨며 팔다리로만 떠받쳐
그 많은 식솔들 무게쯤은 얼마든지 수용할 수 있는
견고한 흙집.

어느 겨를에 꾸몄는지
그 여러 집들 한 통로로 이어져,
집이라기보다는 방이라 부름이 더 어울리는 집.
크고 작은 방들, 평수 각각 다르나,
불평 않고 정해진 제 방에 만족하며 사는 집.
위락시설은 없어도
병실, 영안실靈安室, 유아보육실 갖춘 집.
공기청정기 없어도 마음의 문 통해 환기 잘되며,
햇빛 들지 않아도 모두들 가슴으로 등불 밝히고 있어,

항상 실내 환한 집.

무거운 일 절대 혼자에게 맡겨두지 않고,
우르르 달려들어 '영차, 영차!' 서둘러 해치우곤
다른 일거리 찾아 촉각 두리번거리는
잠시도 쉬지 않는 집.
그들 분주하지만, 온종일 누구 하나 말하지 않아도
정겨움 넘쳐나는 집.
봄, 여름, 가을, 땀 흘려 양식 넉넉히 비축해두었기에
난로 없어도 겨울이 오히려 따뜻한 집.
그러므로, 노숙자는커녕 자선냄비가 필요 없는 집.

가장 깊은 방엔 오직 한 분의 지존至尊
다산多産하신 어머니 계셔,
페로몬의 거룩한 효험
몸에 지니고 이용케 해주신 가없는 은혜에 보답코자
한평생 그녀만을 극진히 공경하며 살아가는 집.

그 자손들 사리사욕 전혀 없어,
애써 마련한 음식 골고루 나눠 먹는 집.

분가分家하여 몇몇 저희끼리 오붓이 살 생각
추호도 하지 않는 집.
그러기에, 외우기 힘든 어려운 문패 달지 않는 집.
오히려 자신이 죽을 날 미리 알아,
여생을 남은 식솔 위한 노동에 더욱 헌신하는
멸사봉공滅私奉公의 집.

그리고, 언젠간 또
어떤 무도한 힘이나 구둣발에 망가질지라도
새 보금자리 다시 지으면 되므로 걱정 따윈 아예 않는,
가능하다면 그 가족의 일원이 되어
함께 일하고 뒹굴며 오순도순 살아가고 싶은

그 집,
페로몬의 집.

2
신문을 펼치면

껍질

함부로 벗기지 마라.
거룩한 이불
결의決意로 짜인 마지막 겉옷을.

덕지덕지 그 굳은살에도
숨구멍 있나니,
무뚝뚝한 그 결과 결 틈으로도
더운 피 흐르고 있나니,
그 숨결, 혈관을 탯줄 삼아
몸 안의 살가운 생명
온전히 자라 꽃 피우게 하나니,

한겨울 사글셋방 쫓겨나
체온 덮어 새순 살리고 동사凍死한
청빈한 껍질의
방파제 닮은 등허리 보았느니.

초승달

어젯밤 귀갓길
나의 냉정을 부끄러워한다.
지하도―, 그 냉동실 바닥에 구부린
걸인 병자病者의 애원 그냥 지나쳐왔음을.
한겨울 재래시장 도마 위에 누워있는
밤새 폐부 찔러온 동태凍太의 울부짖음.
너는 태어나
한 번이라도 안 아파본 적 있었느냐.
얼마 전 솟궈낸 막니 자리가 자꾸만 시리다.
그 서슬 푸른 칼날에 핏기 잃은
초승달 흔적.

애련哀憐

심부름 길이었는지
한 소년이 도로 위에 엎어져 있었다.
위무하듯 이따금 스쳐지나가는 바람결에
예감일까, 그의 검정잠바 등 자락이
치약이며 비누, 맛난 과자 두어 봉지 담아오던
검정비닐처럼 부풀어 흩날리는데,
적어도 두어 시간은 지나야,
눈 빠진 가족들이 비보를 듣게 되리라.

인도블록 위로
일개미 떼가 바쁘게 움직이고 있었다.
정사각형 모자이크 사이, 사이에
저들 몸집 폭 정도 네거리 길이 펼쳐져 있는데,
하필이면 사람이 디딜 자리를 분별없이 나다닐까.
저 식솔들도 애비를 눈 빠지게 기다리리라.
빈 사각 공간만 골라 딛고 지나오느라,
출근을 오 분이나 지각하였다.

살얼음 낀
초겨울 아침의 사건들이었다.

빙의憑依
- 어린 죽음의 하소연

1

아이, 추워라.
캄캄하기도 해라.
여기가 도대체 어딘고?

어미새도 둥지로 돌아오면
부리로 새끼 먹여 깃털로 품어주고,
집 나간 강아지도 주인엄마가 애써 찾아
씻겨주고 예쁜 옷 입혀주는데,

어머니,
나 이제 어디로 갈까요?

'꽃으로도 때리지 마라' 했는데,
고분고분 시키는 대로 말도 잘 들었는데,
단지, 당신이 낳지 않았다는 이유로
굶기고, 때리고, 찌르다,
굶기고, 때리고, 찌르다,
그렇게 모질게 죽여도 괜찮은가요?

삶과 죽음이 다른 게 아님을,
육신이 행복해야 영혼도 온전함을
당신의 습관성분노의 결과로 깨달았으나,
저승도 '미성년자입장불가' 라
철옹성문 굳게굳게 닫혀 있으니,
구천九泉 떠돌며 죽지 않는 영혼의 쉼터
어디쯤에 있을까요?

2
이제 머물 곳은
날 그리도 미워한 당신 몸속뿐.

당신이 연옥엘 가건, 불지옥 떨어지건
우리는 싫어도 같이 지내야 해요.
포개진 두 개의 영혼
숨 컥컥 막히더라도 참아내야 해요.
괴롭더라도 견뎌야 해요.

의지할 데 없는 나
피멍 든 팔다리, 가슴, 머리에

빨강 천, 파랑 천, 노랑 천 칭칭 동여매고,
꿈속에서건 생시生時에서건
당신과 함께 살아갈 테니 그리 아셔요.
꼭두각시, 우리를 안내해줄 때까지
우리, 오순도순 살아요.

자, 일어나요, 어머니.
어서 일어나서
내 몸단장은 좀 있다 해주시고,
피어보지 못하고 죽어가는 저 꽃망울에
물부터 듬뿍 주어요.

아아, 어쩔거나.
가여운 우리 새어머니.

산딸기

1
꼭꼭 숨어 있어라,
주근깨 귀여운 순결한 것.

너의 앵혈로써
몸뚱어리 붉게 치장하려는 꽃뱀들이
사방에서 혀를 날름거리나니,

산길 기웃대지 말고,
무성한 초록커튼 속에 얼굴 깊이 묻고
다소곳이 숨어 있어라.

하지만, 숨어 있기엔 아쉬운
상큼한 계절.

2
어제 또 어린아이가
겁탈 당했단다.
덜 여문 속살은, 덜 부푼 젖가슴은
갈기갈기 찢어져 버려졌단다.

초등학교 여학생이, 여중생이
집에서 혹은 귀갓길에서
날벼락 맞듯 절망의 나락에 떨어지는
대낮도 캄캄한 오늘.

견고한 울타리, 예민한 통신이 소용없는
낮짝 두껍 독사의 거친 힘에 감겨
속절없이 허물어지는
순결의 성城.

3
꼭꼭 숨어 있을 수만도 없는
산딸기의 대책 모를 참담한 짓밟힘을
아아, 어찌하랴!

까치 아파트

요즘엔 미물도
서식처가 부족한가 보다.
그래서 도시까치는
아파트를 짓고 사는가 보다.
우리 아파트단지 열 길 높이 느릅나무에
언제부턴가 한 길 간격으로 까치집 다섯 채
아래위로 군데군데 지어졌다.
꺼칠꺼칠한 서민아파트.

그러더니, 암수가 온종일
부지런히 오순도순 먹이 물어 나르더니,
그러더니, 엊저녁 몇 층에선가
부부싸움소리 한참을 시끄럽더니,
오늘 아침, 한 마리가 땅에 떨어져 죽어있다.
아마도 수컷이 실직했나 보다.
아니면, 어느 한 쪽이
그 형편에 외도外道했던지.

고요한 혼란 · 1

버스를 기다린다.

쓸데없이 추적추적 내리는 초겨울 비.

꼭 버스타고 가라고 누차 다짐 두며, 아내가 챙겨준 오백 원 짜리 동전 두 닢이 컴컴한 주머니 속에서 서로 짙게 애무한다.

바람이 슬핏 지나가며, 노변 군데군데 웅크리고 있던 플라타너스 고엽들을 부도난 어음조각처럼 흩어지게 한다.

행선지 다른 버스들은 같은 번호가 벌써 두세 대째 지나갔는데, 나를 실어줄 그것은 좀체 오질 않는다.

빗방울이 우산과 인도블록과 먼지 묻은 구두 끝을 쓰리쿠션으로 튕겨 올라, 바짓가랑이에 그리기 시작한 점그래프를 점차 끌어올리며, 한 사내의 청빈을 확인해 준다.

출근종료시각 임박!

급히 택시를 잡아탄다. 우산 접어 넣기가 참 번거롭다.

가계부 적는 꺼칠한 아내의 얼굴과

지금쯤 주차장 가운데서 강요된 휴식을 취하고 있을, 안 그래도 쉬내 나는 감청색 나의 승용차가 문득 오버랩 된다.

보는 이도 없건만, 괜시리 아파트 쪽을 외면한다. 이마에 묻은 빗물을 슬쩍 훔쳐본다.

생각보다 고요히 차는 출발한다.

고요한 혼란 · 2

택시 안이 너무 고적하다.

묻지도 않는 운전기사에게 무심코 전말을 얘기했더니,

손님은 애국자네요 하며 룸 밀러로 나를 흘낏 쳐다보곤, 잠시 후 어딘가에 화풀이하듯,

그까짓 십부제 뭐 할라꼬 지키능교? 그래주면 우리 같은 사람한테야 좀 낫지만, 누가 알아줍니꺼? 공직자도 일부밖엔 안 지켜요. 지키는 사람만 등신이라요. 누굴 위해 지킵니꺼? 서민들이 개미처럼 허리띠 졸라매고 절약해 모아주면 뭐 하능교? 어떤 ×이 한 방에 말아 묵고 나면, '내 탓'으로 돌리자 안 카나, 국물도 한 방울 못 얻어 묵은 사람들한테 '고통분담' 하자 안 카나. 저기 보이소, 오늘 끝자리번호 막 안 댕기능교. 저 앞에도 있네.

따발총 쏘듯 쏘아댄다. 벌초하다 잘못 건드린 벌집이 떠오른다. 그때, 땅벌한테 쏘인 장딴지는 금방 두 배 가까이 부어올랐지.

빗방울은 점점 굵어지는데, 찢어진 낙엽 하나가 차창의 유리와 가장자리 사이를 몇 번 기웃거리다, 시야 밖으로 멋쩍게 사라진다.

잎이 거의 거덜 난 이 땅의 가로수만이 오는 비를 양심적으

로 고스란히 맞고 서서,

　통행차량의 끝 번호를 예의주시하고 있는

　오늘의 현장.

식은 밥

며칠째 대접에 담겨
잘 흩어지지도 으깨지지도 않는 결속들이
푸대접에 대해선 아랑곳 않고,
서로 어깨 의지한 채 소곤거리고 있다.
— 그의 식생활 습관에 문제가 있어.
— 아냐, 그녀의 게으름 탓이야.

식빵 두어 조각 얹힌 접시 두 개와
막 전자레인지 거쳐 나온 우유 두 컵 식탁에 올리며,
— 아직 멀었어? 그가 바쁘게 말한다.
길고 풍성한 머리카락 드라이어로 말리며,
그녀, 자연스런 코맹맹이소리로 말한다.
— 자기, 그걸루 식사 되겠어?
— 난 밥보다 이게 더 좋아, 자기두 빨리 와.

오늘 아침도 체념한 결속들은
사실은 깊고 부드러운 자신들의 영혼이
끝까지 저항하지 않고
인내하는 간디처럼 물레에 올려질 시간 기다리기로,
서로의 갈비뼈와 갈비뼈로 굳은 다짐 나누며
또 하루, 긴 명상에 들기로 한다.

신문을 펼치면

성난 활자들이 뛰쳐나온다.
의기는 도저히 잠을 못 이루고,
밤새 폭로의 시간을 기다렸나보다.
선량한 이들의 아침을 역겹게 하는
왕방울 눈 치뜨고, 주먹 불끈 움켜 쥔
분노, 분노, 분노들!
모처럼의 평화나 안녕 띤 활자들마저
어처구니없는 우울에 가려져,
자질구레한 여담으로 그치고 말게 하는
불의, 불의, 불의들!
처음엔 절대 죄상을 시인하지 않는
뻔뻔스런 공통점으로 하여,
분노는 더욱 해일처럼 치솟아 오른다.
뱀파이어 혈손들이 장난치듯 일으키는
검붉은 헛줄기 감기고 뒤엉긴
위선들로 뒤범벅된 아수라의 흙탕물
그 깊고 음험한 구덩이를
성난 활자들이 파헤치고 있다.

잘난 분들

모락모락 비게 구린내 풍기시더니
두더지처럼 최대한 깊이 숨어계시다가,
들고양이에게 모가지 물린 생쥐 꼴임에도
기고만장하던 어깨 힘 아직 안 죽었다는 듯
억수로 해 처먹어 번들 번들거리는
이마며 낯짝 치켜들고 포토라인에 서서는
안 그래도 진실 죄다 밝힐 거라 장담해놓고,
난 모르는 일이라고 일단 시침 한번 떼본 후
단단한 배경과의 꼼수인지, 돌대가린지, 그리곤
다들 기억이 안 난단다. 예끼, 큰 도둑×들!

비뚠 금수저께

제가 뭘 그리도 잘못했다고,
발로 차고, 때리고, 그러십니까?
때를 밀라하셔도 정성껏 해드렸는데,
리본처럼 허리도 부드럽게 굽혀드렸는데,
고래고래 저에게 까닭 모를 화풀이
차운전 중에 머리 찌르면 어찌합니까?
지폐의 힘 믿고 종 부리듯 윽박지르지 말고,
말로써 인간적인 직원 대우 부탁드려요.
아버지 잘 만나 호의호식하시는
주인님이 제 입장 안 된다는 보장 있나요?
세상엔 쥐구멍에도 볕들 날 가능하므로,
요담에 인생역전 있을지 누가 압니까?

부드러운 능지처참

- 멸치 까기

비린내 물씬한 집단살육의
휘영청 너른 오봉광장.
건조형乾燥刑으로 이미 절명한 주검들에게 가해지는
두 번째 죽임.
형명刑名, '부드러운 능지처참'.

박스 관棺 속에 수북이 쌓여온 주검들이
차례차례 혹은 무작위로 찢겨지고 있다.
망나니는 기예技藝인 양
칼 대신 엄지와 검지 쌍 끝으로
거문고 여섯 줄 고르듯
처참한 분신들을 최대한 부드럽게, 부드럽게 조율한다.

날렵한 손길로 먼저
대가리와 꼬리, 몸뚱어리를 삼분하고
다시 몸뚱어리를 양분한 후,
그 몸뚱어리 지탱케 한 뼈다귀를 최대한 말끔하게 발라낸다.
그리고는 고문의 애간장으로 바짝 오그라진 오장육부를
'똥' 이라 부르며 마지막 순간까지 오명을 씌운다.

세상은 온통 아름답고 평화로운 곳인 줄만 알았던 죄.
그 음험한 바다를 떼거리로 유영遊泳한 죄.
노동 전혀 없이 한껏 자유 누린 죄.
자신을 물결로 착각한 죄.
역모라곤 추호도 꾀한 적 없는 민초들
순백의 생명들이
어느 날 느닷없이 거대한 누명의 늪에 거두어져,
더미로, 무더기로 끌려온 킬링필드.
아직도 죄명 모르는 눈치다.

광장 구석에 밀쳐진
눈물마저 말라버린 수천, 수만 개 눈알들이
쪼가리 된 자신들을 향해
명예롭게 떠나자, 떠나자, 희번덕거리며 꾸짖지만,
게 중엔 간혹 형刑을 거부하는 숨결 있어,
부스러기 잔뼈에 혼신의 힘 모아
잔인무도한 망나니의 손톱 사일 파고들어 찌르기도 하며
결백의 몸부림 쳐보기도 한다.

긴 시간의 처형—.

망나니는 일말의 가책으로
흩어진 분신의 흔적들을 최대한 깨끗이 청소하며 중얼거린다.

잘 들어라, 너희의 죄는
어떤 불의와 횡포 앞에서도 무관심으로 일관하고,
선량한 플랑크톤만 탐닉한 죄.
집단이기주의에 빠져 집단 환락만 일삼은,
드러난 반역보다 더한
죄명罪名, '무사안일죄' 였음을.

그리곤 또 일말의 양심으로
잘 버무린 철쭉빛 수의壽衣 입힌 부드러운 살점들 위에
마무리 염습으로 희디 흰 참깨 흩뿌려주며,
이 사초史草로써 깊이 애도하노니.

때를 밀며

보름 간격으로 달아보면,
항시 삼백여 그램.

그간 나는 무명 군소정당의 후보였고,
너는 나의 붙박이 당원黨員.
나만을 의지하고, 변함없는 색깔로 지지해준
네 방벽으로 하여 어쩌면 덜 추웠는지도,
삼백여 그램만큼 따뜻했는지도 모른다.

보름 습관으로 뛰어드는 선거판.
그 뜨거운 공약公約의 바닷속에서
지저분한 공약空約 역겨워
나는 이제 정중히 후보직을 사퇴하려 한다.
가장 근엄한 표정으로
떠나길 거부하는 네 믿음의 덕지덕지
땀과 열기에 아쉬움 배로 불려 밀어내려 한다.

잘 가게, 친구여.
용서하라, 내 보름간의 배신을.
지금쯤 너는 삼백여 그램 부동표浮動票가 되어
캄캄한 아수라를 흘러 다니고 있겠거니…….

달리는 수족관

사람들은 언제부턴가
아니, 오래전부터
두더지가 되고 싶었나 봅니다.

자신들이 윤기 낸 문명이 너무 눈부셔,
그 문명의 힘을 빌려
보다 많은 두더지들이 함께 들어가,
긴 시간 눈 감고도
회사로, 학교로, 시장으로, 집으로
마음 놓고 이동할 수 있는
넓고 긴 땅굴을 깊이깊이 파 들어갔습니다.

그리곤 그 속에 철길을 깔고,
그 위를 미끄러져 다닐
늘씬하고 안락한 썰매를 만들었습니다.
그것은 거대한 수족관이었지요.
사람들은 아마도
금붕어나 열대어도 되고 싶었나 봅니다.

그리하여,

일과를 마치면 앞 다투어
여러 칸 잘 이어진 수족관 속으로 들어갑니다.
그리고는 두더지의 꿈 이루려는 듯
빈 곳만, 빈 곳만 찾아 파고들어갑니다.
그리곤 또, 두더지가 아닌 척
수족관 밖을 보거나
일간신문 혹은 책을 봅니다.

그러나 수족관이 움직이면
그 고상한 시간은 오래 못 갑니다.
금붕어, 열대어처럼 연방 입을 벌름거리다가
얼마 후면 마침내 두더지가 됩니다.

생물도감에도 없는 새로운 희귀동물
'금붕어 두더지'
혹은 '열대어 두더지' 가 됩니다.

사라진 생활기록부 · 1

최루탄 분말이
눈발보다 흔하게 날리던 시절.

거취변동관계 일로
출신학교 생활기록부 사본 구비키 위해
삼십여 년 만에 찾아간
모교 초등학교.

행정실의 삭은 철제 캐비닛 한구석
까까머리, 단발머리
잊혀진 지 오랜 동안童顔들이
먼지와 곰팡이 틈으로
누렇게 "안녕?" 웃거나 찡그리고 있지만,
무슨 연유에선지 '나' 는 없었다.

졸업생 명부대장에 남아있는
이름 석 자로 겨우
'졸업확인서' 달랑 얻어들고 나오는
물음표 아우성치는 운동장에선
새까만 후배들이 편 나누어

데모 연습하듯 눈싸움 벌이고 있었는데,

얼굴 훑치는 하얀 분말 사이로
퍼뜩 스쳐가는 신조어!
혹시, '안기부?'
'생기부' 와 '안기부' 라.
우스웠다, 그 유사한 음과 음절이.
내 무슨 요주의 인물 혹은 거물급 인사라고,
최루탄도 제대로 맞아보지 못한
겁쟁이 주제에.

가소롭게 우스운 작자 대신
안녕치 못한 물음표들이
까마귀 떼처럼 눈 데모에 가담하고 있었다.

사라진 생활기록부 · 2

남의 행장行狀 얼결에 보았노라.
그 족적足跡 허락 없이 밟았노라.
얄리 얄리 얄랑셩 얄라리 얄라.

동기회에 가끔 나타나
찬조금 선뜻 내고 박수에 흐뭇해하는
잘 나가던 섬유도싯적 직물공장집 맏아들
'가양양 가양양 가양양'
의기양양 지화자 얼씨구
위 증즐가 대평성대大平盛代
위 부유富裕ㅅ 경景 긔 엇디ᄒ니잇고.

동기회 한 번도 나온 적 없는,
명문고교 중퇴 후, 보부상 되었다는
삯바느질 홀어머니 호롱불 돋워주던 아들
'수수수 수수수 수수수'
수수밥 건강식이라 절씨구
귀 어둡던 그 오매는 아직 살아계실까.
어긔야 어강됴리, 아으 다롱디리.

행복은 성적순 아니라는
패러디성 글귀가 과연 명언임을
색 바랜 종이 뒤적이며 새삼 깨달았네마나 는
정작에 내 것 없음은 어찌할거나.

내 훗날 뜻밖의 하마평下馬評에 올라,
자질검증청문회에서 발가벗길 때
입지전적 인물이라 확인시켜 줄
울 아버지 지게 그림자마저 사라지고 없으니,

불효 막급한 이 낭패를 어찌할거나,
어찌할거나.
얄리 얄리 얄랑셩 얄라리 얄라.

기이한 탐구학습

이 땅의 백성들은 자연탐구학습을 곧잘 즐긴다.

산과 들에 가지 않고도 동호인끼리 옹기종기 둘러앉아

사계절 곱게 새겨진 미니 동양화, 산과 들 조각 수침繡針인양 움켜쥐고,

계절 순서와는 관계없이 보다 쪽수 많은 병풍, 먼저 꿰맞추는 골몰에 여념이 없다.

같은 종種, 류類끼리 차곡차곡 모으는 저축학습이다.

허나, 학습목표의 기이함은 '자연보호'가 아닌, '자연파괴'라는 것.

새를 잡고, 노루·멧돼지를 포획하고, 꽃과 풀, 빗방울에 달까지 채집하는 것.

더욱 기이한 것은 남이 애써 수확해 놓은 동식물들을 교묘히 빼앗아먹기 한다는 것.

그러다 포만 기氣 느끼면, "고!" 또는 "스톱!"

몸에 밴 자유민주주의의 극치, 선언하듯 언론자유 구가하는 것으로써 소단원을 마무리한다.

그리하여, 성실과 정직보다 '끗발'이라 불리는 눈치와 약삭빠름이 더 많은 소득 올리는

아이러니한 자본주의의 나라.

이 땅의 백성들은 철이 들수록, 무료할 때면
위선의 덫 놓아 일당日當 챙기려는 기이한 탐구학습을 곧잘
즐긴다.
교재敎材 군이 명명한다면, '질서파괴의 효율적 실천'
킬링필드의 생존법칙 따르면서도 누구 하나 죄책감 갖지 않
는 게 참 신기하다.

걱정이야

이른 아침
야쿠르트 백 앞에서
그 또래의 골프백 세 개가
야쿠르트 한 개씩 마시며 걱정들을 한다.

— 드라이버가 슬라이스 나 걱정이야.
— 난 거리가 넘 안 나 걱정이야.
— 나는 3번 우드가 넘 안 맞아 걱정이야.

또 하나의 골프백이 외제 승용차로 도착하자,
— 선크림은 가져왔지?
— 넌, 넘 잘 까먹어 걱정했거든.
— 그런데, 날씨가 좋을라나 걱정이야.
골프백들은 넘 잘 맞아 걱정 안 해도 될 골프공처럼
까르르까르르 허공을 가르며 날아가 버린다.

야쿠르트 백이
골프공만한 야쿠르트 빈 통을 모으며 중얼거린다.
— 난 애들 학원비 땜에 걱정이야.
넘, 넘 맑아 걱정 되는 아침.

초콜릿 아침마당

눈 덮인 아파트 아침 주차장은
밤새 소리 소문 없이 분주했던 슈퍼초콜릿공장.
무명無名 달인이 빚어 즐비하게 진열한 순은빛 상품들.

해 뜰 무렵이면, 공장마당은 우‡시장인 양
열기 식히며 기다려온 초콜릿들이 '우우~' 출시되기 시작
한다.
그랜저초콜릿이 '우워어~!' 앞다리 긁으며 출발하였고,
아반떼, 소나타초콜릿이 암소 수소들처럼 '움머어~!' 뒤 이
을 때
쫄랑쫄랑 덤으로 따라가는 송아지, '음매애~!' 모닝초콜릿.

메이커 이름표 꽁무니에 단 초콜릿들이
예약 순서 없이 하나, 둘 정수리에 생크림 쓴 채 빠져나가면
작업장엔 여기저기 크고 작은 직사각형 거푸집만 남고,

해가 높아올수록 남은 초콜릿끼리 불량반품을 염려하여,
어깨에 얹힌 햇볕무게 서로서로 가늠해주며 속삭이는 풍경화.
"오늘이 화이트데이니?" "아닌데⋯⋯."
"우리, 메이드 인 코리아 맞니?" "글쎄다⋯⋯."

참 좋은 나라, 겨울이야기

1
'지상낙원' 의 허상 폭로하는
유명 공중파 TV방송프로에 출연한
한 탈북민이 말했습니다.

자기네 실향민의 처지 닮은
먹이 찾아 내려와 도심까지 들어왔다가
상처 입은 새끼노루 한 마리를,
북녘에선 더할 나위 없는 끼니꺼리를
119구조대원들이 안전하게 포획, 치료하여
숲으로 돌려보내는 이곳 온정에 감동했다고.
또 다른 이가 말을 이었습니다.
겨울설악 등반 중, 헬기가 깊은 산속 곡예하며
야생동물의 먹이 뿌려주는 걸 보고,
대한민국이 참 좋은 나라임을 느꼈다고.

2
동물과도 더불어 살아가는,
더러는 동물병원이 더 호황 누리는
'참 좋은 나라' 정겨운 땅에서

사시사철 추웠던 세 모녀가
모닥불인 양 연탄가스 피워놓고,
오순도순 손잡고 세상을 등졌습니다.
그믐밤, 어느 달동네에선
병든 아내와 어린 아들을 먼저 보내고,
일용직 가장도 발자국 쫓아 먼 길 떠났습니다.
온전한 사랑의 힘으로 따라갔습니다.
한 독거노인은 하현달 등허리로
마지막 월세와 자신의 장례비 힘껏 마련해두고,
속절없이 아렸던 이승과 작별했습니다.
요즘 부쩍 잦은 비보悲報입니다.

구조대도, 헬기도 올 겨울이 없었습니다.
며칠, 혹은 더 여러 날 지난 뒤
다들 주민 신고로 발견되었기 때문에.

하지만, 약속한 듯이
그간 고마웠다는, 죄송하다는
인사편지 잊지 않고 머리맡에 남겼습니다.
일행 가운데, 중학교 2학년생 소녀는

함께이므로 외롭지도 두렵지도 않다고 썼습니다.
이제 다시는 만나지 못할 얼굴들이지만,
어차피 처음부터 서로 모르는 이웃이었던 것처럼
남에게 절대로 민폐 끼치지 않으려 애썼던
참 조용히 올곧은 들풀들이었지요?
허용된 너른 자유의 마당귀만 서성거리다,
스스로 택한 그 외길밖엔 다른 길 아예 몰랐던
순백 언어로만 한들거린 풀꽃들이었지요?

3
가을낙엽이 저렇듯
우수수 덧없이 떨어졌을까요?
겨울 절정은 아직 시작되지도 않았는데,
수의壽衣 누빌 눈솜의 기별도 여태 없는데,
애련한 소식, 된바람이 얼마나 더 전해올는지요.
참 좋은 나라의 시린 계절 동안.

3

양파 닮은 사람과

사춘기

그 무렵,
나는 물결이었네.
옹달샘 밖을 졸졸졸 흘러나와,
작은 개울에 서성이며
가는 하늬바람에도 쉽게 일렁이는
잔물결이었네.
누군가 그 개울에 무심코 나뭇잎 하나 띄우면,
이내 발그레한 잔물결
동그라미 겹겹이 퍼져가는
여리디 여린 빗살무늬 물결이었네.

그런 어느 날,
빗거울에 자주 얼굴 비추던
그 소녀
그 물결에 들꽃묶음 다듬고 간 그 날
그 잔물결에 조약돌 하나 던지고 달아나던
또 다른 그 날
그 무렵,
나는 물결이다 못해
그 물결 속에서 어쩔 줄 몰라 허둥대는
한 마리 눈부셔하는 피라미였네.

약속

어겨서는 안 되는 다짐
아름다운 설렘이여.
공원벤치에서 앉았다 섰다,
사십 년 세월을 거슬러가고 있는 나는
머리 희끗희끗한 연어. 그보다
갈래머리 처녀의 어깨 살짝살짝 건드리는
고추잠자리거나,
그녀 은회색 구두 코끝 간질이는
낙엽 한 장.
먼 이국에서 날아왔다고,
궁금한 게 많아 여태 잊혀지지 않는다고,
마지막으로 한 번 보고 떠나고 싶다는
새벽안개 너머의 목소리.
아, 아름다우나
다시 망설이게 하는 설렘이여.
그때, 가진 것이 너무 없었다고,
부끄러운 게 많았다고 고백해야 하는 나는
어겨서는 안 되는 다짐을
또 한 번 어길 지도 모르겠다.
귀소역歸巢驛에서 그만 내려야겠다.
용서해다오.

삼랑진역 다방아가씨

1
선생님과 단 둘이
진주개천예술제 백일장 가던 길.
부산발 완행열차를 한 시간쯤 기다려,
그 곳에서 갈아타야 했다.
낙동강 포구 저 건너 보이는
목조건조물 아담한 역사를 나와,
눈에 띄어 들어간 시골다방.
"아유, 귀여워라.
눈이 어쩜 이리도 이쁠까?"
대처에서 온 듯한 세련된 억양만큼
이방인을 보드랍게 반겨주던
누나아가씨.
연분홍 스웨터, 하얀 블라우스 소매 사이
차라리 피아노에 잘 어울릴 가늘고 긴 손가락으로
조심스레 찻잔 저어주던 그 누나.
그 우윳빛 갸름한 얼굴은
늦가을의 아침 햇살만큼 눈부시었지.
아까부터 구석에 죽치고 앉아,
신문 보는 척 이쪽을 자꾸 힐끔거리던

78

가죽잠바 사내가 없었으면 더 좋았을 것을.

2
돌아오는 길은 밤 열차.
조개탄난로가 데워 놓은 다방 안.
"우리 아무개 장원했다우."
"아유, 어쩜!
내 그럴 줄 알았어."
이미자의 '동백아가씨' 들으며
하던 뜨개질 던지고,
찬 공기 밴 내 볼 양 손으로 감싸며
바르르 떨던 누나.
열다섯 살 숫총각의 가슴에 야릇한 불길 지핀
그녀 젖무덤에서 묻어나던
향긋한 비누내음.
성공하라며,
꼭 훌륭한 시인이 되라며,
낙동강 억새바람 세찬 문밖까지 나와 전송해주던
그 누나.
지금은 어딘가에서 칠순할머니가 되어 있을

아까운 그 누나아가씨.

행복하게 살고 있어야 할 텐데.

가죽잠바 그 사낸 아니어야 할 텐데.

마이너스의 노래

밤이면 창밖으로
두 이름을 띄워 보내곤 한다.
고달픈 나날을 살면서
이토록 외로움의 울타리에 갇혀서도
내가 숨 쉬고 있는 이유는

지금쯤 어딘가
항시 겨울 같은 창가에서
나보다 더 고달픈 하루 살고 돌아와
더 큰 외로움에 떨고 있을
널 생각하기 때문인지도 몰라.

사무치게 보고픈 그대여,
너는 내게 무엇인가.
'(-1) - (-2) = 1' 임을 믿고 싶기에,
밤이면 창밖으로
두 이름을 띄워 보내곤 한다.

풀꽃사랑

그녀, 너무 사랑스러워
애인이 있느냐고 조심스레 물어보았네.
재스민 닮은 하이얀 그녀
보살펴야 할 사람 있다고 주저 않고 답했네.
보살핌이라, 보살핌 받아야 할 사람이 되레
누군가를 보살펴야 한다는 당돌한 모성母性에
그녀, 한 순간 새롭게 보였네.
그런데 그 남잔 자기 마음 몰라준다며
얇은 꽃잎 살포시 흔들었네.
그때 문득 갖가지 색깔의 제라늄이 떠올랐네.
그 마음 종잡을 수 없는. 허나,
그의 속내도 결국엔 하얀색일 거라고
어깨 도닥여 주었더니,
그녀, 까르르 상큼한 꽃씨를 날렸네.
재스민과 제라늄 같은 사랑
그들이 한없이 부러웠네.
나는 사프란 작은 꽃이라도 되어
그녀 온실에서 함께 보살핌 받고 싶었지만,
나의 화분은 이미 창밖에서 겨울을 맞고 있었네.
스러져간 나의 젊음처럼
재스민 눈빛 언저리에서 시들고 있었네.

양파 닮은 사람과

이런 사랑을 해보고 싶다.
연주황 얇은 옷자락에 감추어진
눈부시게 희디흰 너의 속살
은밀한 너를 조심스레 벗겨보고 싶다. 그 때
한 겹, 두 겹, 벗기면서 알게 되리라.
벗겨질수록 더욱 해맑아지는 너의 실체를.

세 겹, 네 겹, 벗기면서 깨달으리라.
항시 동그스름한 미소, 그 화사한 그림자 뒤에
인고忍苦의 나이테 겹겹이 서려 있음을.
긴긴 고뇌, 업보인양 흙빛 뿌리의 힘으로 삭이며,
육신의 소멸 스스로 느끼면서도
오히려 누군가를 위해 마음 아파하고 있음을.

너의 진심이 사무쳐오는 순간, 나는
뉘우치며 이미 벗겨진 속살들을 다시 모으리라.
그 후론 때때로 맑은 물 뿌려주며,
어느 날, 네 새하얀 심장의 가장 깊은 곳에서
흘러나오는 진정 행복한 속삭임
"당신을 만난 건 행운이에요." 들을 수 있는
그런 사랑을 정말 해보고 싶다.

추락墜落

- 가을의 분노

감나무도 나름 자존심이 있었다.
삼 미터 높이정도 허리까지의
아랫도리 밀착과 가벼운 애무는 허락했지만,
그 이상의 스킨십에는 계속 몸을 떨었다.

또 그는, 무거워진 체중 감량을 위해
모유로써 한 해 애써 기른 열매 얼마만큼은
선심 쓰듯 순순히 내밀어주었지만,
가장 은밀히 짙은 잎 덮어 살갑게 키운
바람 사이로 가끔 햇볕 한 줌 쬐곤 다시 숨는
막내의 가슴을 장대 끝이 더듬을 때,
어느 무렵부터 서서히 활처럼 휘어지는
힘줄 선 가지의 분노를 미처 감지하지 못했다.

한 순간, 세찬 튕김과 떨침의 힘에 의해
나는 모선母船에서 분리되는 캡슐
찰라 틈새만한 공간의 우주 유영遊泳이여!

어줍고 어설픈 봉사활동의 에필로그ㅡ.
그나마 이타행위였다는 정상이 참작되어

천만다행, 두 개만이 부서진 요추와 흉추를
김장독처럼 견고한 틀 속에 꽁꽁 묶고,
나는 요즈음 몇 개월째 두문불출
깊은 사죄의 겨울나기를 동행하고 있거니,
그것은 과욕의 당연한 인과응보였다.

문 門

문을 열 수 없다
문 '열쇠센서' 를 분실했기 때문
문득, '도어 락' 겸용이었지 생각났으나,
문제는 비밀번호가 맞아주질 않는다는 것이다
문 앞 계단에 쭈그리고 앉아 무심코 보니,
문틈 아래, 쪽지 하나 끼워져 있다
문 일 있음 전화하세요
문안인사하듯 메시지 찍어 방법을 물어본다, 역시
문자메시지로 그것도 모르냐며 회신이 온다
문이 귀찮다는 듯 짜증스레 반응한다
문을 열고 들어서면 누군가의 입김 다가와야 하는데,
문 안에서 밀려오는 건 쌓인 정적의 회오리뿐
문지방에 한 발을 무겁게 올려놓다가, 다시
문을 밀치고 얼른 밖으로 나온다
문 닫히는 소리 '끼이럭~!'
문 밖 세상이 더 푸근한 저 기러기.

로마의 휴일
- 철부지의 추억 · 1

질풍노도 시절─.
영화 '로마의 휴일'에 빠진 후,
선량한 삼류기자 '그레고리 팩'이 되어
로마 시내 돌아다니듯
팬시리 동성로 거리를 헤맨 적이 있었다.
그 흑백화면처럼 날씨 흐린 날이면
안절부절 증세는 더욱 심각하여,
거리 군데군데 미용실 안을 기웃거리곤 했었지.
허나, 긴 머리 커트하는 '앤' 공주
'오드리 헵번'은 끝내 찾을 수 없었고,
버려진 깡통, 담배꽁초 멋쩍게 발로 차며
통금 직전 마지막 버스를 기다리곤 했다.

스잔나
- 철부지의 추억 · 2

'내 생명 오동잎 닮았네, 모진 바람을 어이 견디리.
지는 해 잡을 수 없으니, 인생은 허무한 나그네.
봄이 오면 꽃 피는데, 외로이 나는 가네.'

비련의 여주인공이 부르는 영화주제가의 후반부. 홍콩 무협
영화가 이 땅의 스크린을 지배하던 1970년대 초엽, 이색적인
홍콩 멜로물 한 편이 만인萬人을 울렸으니.

허구를 보면서 사내자식이 얼마나 울었던지. 옆 좌석의 아
저씨, 아줌마들도 다들 훌쩍거렸었지. 그 무렵이 서울 유학생
활의 초기였고, 그날이 하필 가을비 추적거리는 밤이었기에,
아마도 극심한 외로움 때문이었을까. 스잔나 역—, 실명實名
'리칭李青'도 속내는 외로운 소녀였기 때문이었는지도.

왠지 허전하고 아련한 잔영 때문에 청계천, 종로를 거쳐 덕
수궁 돌담길을 터벅터벅 걸어오면서 쓴 편지—, 서울역에서
한남동까지 버스로 귀가하면서도, 검은 차창에 어른거리는
한족漢族 소녀를 향해, 거듭거듭 읊조린 마음의 편지.

"울지 말아요, 스잔나. 누가 뭐래도 당신은 짧은 생을 아름

답게 마무리하고 갔어요. 그리고 기다려요. 그대를 연모하는 한 이국청년이 그대 닮은 모란꽃 한아름 안고, 그대 곁에 달려 갈 때까지. 그때 우리, 외로움 서로 도닥여주며 영원히 함께 살아요."

누구 맘대로?

신파조新派調 로맨티시즘의 극치였다.

눈이 내리네
- 철부지의 추억 · 3

'눈이 내리네, 당신이 떠나간 지금
 눈이 내리네, 외로워진 이 마음'

대학 3학년 때던가, 그해 가을 —
당시 세계적인 샹송가수 '아다모'의 내한공연.
함께 갈 사람도 없으면서
자취생으로선 벅찬 티켓을 왜 두 장이나 샀을까.
입장하는 커플들 바라보다, 공연시각 임박.
세종문화회관 앞 지나가는 누군가에게 한 장을 건네고,
부랴부랴 입장하여 어둠 더듬어 착석.

열광의 무대를 누비는 스포트라이트 속 우상은
발라드 '지난여름의 왈츠'를 경쾌하게 밟고 있었지만,
내 가슴엔 이미 계절과는 무관한
써늘한 눈발이 살얼음 위에 내리고 있었다.
떠나보낸 당신도 없으면서.

유정有情
- 철부지의 추억 · 4

춘원 이광수의 펜 끝에서 태어난 '남정임'은

영화감독 김수용의 카메라로 성장하였다.

태어날 때부터 슬펐던 그녀,

활자로 형상화된 상상 속 여주인공은

그렇게 계란형 청순한 여대생으로 각인되었다.

얼마나 가련하게 예쁘던지.

'총천연색 시네마스코프'라고 널리 광고한 컬러영화의 초창기

하얀 손수건에 뱉어놓은 그녀의 각혈이 얼마나 선명하고 곱던지.

심지어 폐결핵이 얼마나 고상한 병으로 느껴지던지.

아, 그리고 수양딸과의 불륜이라는 오명 쓰고 파멸해가는

자애로운 아버지 '최석'.

한창 수학풀이, 영어암기에 열중해야 할 시기에

학교 도서관에서 대출해 읽고 또 읽었던 소설 '유정!'

아니, 영화 속 '남정임!' …… 하지만,

페이지마다 눈 닦고 봐도 그녀의 순결자국은 어디에도 없었고,

머나먼 바이칼 호수로 잠적한 아버지를 찾으러

주말이면 나는 정임과 함께

남산동에서 시오리 길, 수성못을 걸어서 곧잘 다녀오곤 했다.

애수哀愁, 바람과 함께 사라지다

- 철부지의 추억 · 5

한때 촉망받는 무용수였다가
제2차 세계대전에 참전한 연인이 전사한 걸로 오인하고,
"배가 고파요."
안개 자욱한 워털루 다리 위에서
손님 끄는 창녀로 허물어지는 '마이라'.

광활한 미美대륙의 남부, 애틀랜타.
대지주의 딸로서 물질적으론 풍요했으나
진정한 사랑엔 외면당하고,
설상가상 남북전쟁으로 인간도, 부귀도, 야망도 다 잃는,
그러면서도 자존심만은 끝내 지키려 몸부림친
도도한 여자 '스칼렛 오하라'.

그녀 둘은 동일 인물
영국 출신 여배우 '비비안 리'였다.

시공時空 오르내리며 전쟁과 사랑 사이를 헤맨
애련한 여인.
소담스런 동양적 얼굴에 흑갈색 눈동자
동그스름 유난히 도톰한 광대 살과 작고 요염한 앵두 입술

터질 듯 치받쳐 조인 가슴과 곧 꺾일 듯한 개미허리.
내 생애에 본 최고 미녀로 꼽기에 지금도 주저 않는 그녀가
조울증에 시달리다 결핵으로 사망했다는 뉴스 듣던 날
나도 그 하루 우울에서 벗어날 수 없었다.

"내일의 태양은 다시 뜬다!"
폐허가 된 '타라 농장' 옛 집터의 황혼에 우뚝 서서
온몸 부르르 떨며 외치던 그녀의 마지막 절규.
그 태양은 나약한 이들의 가슴엔 오늘도 떠오르고 있지만,
정작 그녀를 옥죄인 그녀만의 애수哀愁는
결국 그녀를 바람과 함께 사라지게 했다.

미안해요, 인디언
- 철부지의 추억 · 6

애리조나 사막의 선인장 즙, 텍사스 술청의 위스키 몇 방울로 6.25동란의 상처 잠시나마 봉합하고픈 시절 있었다.

미군美軍들이 트럭 위에서 던져주는 초콜릿처럼 헐케 수입된, 영사기에 하도 긁혀 소나기 주룩주룩 흐르는 화면, 마차 바퀴 거꾸로 돌아가는 마법 같은 착시현상에 신기한 의문 품은 채

겨울 뿐인 백성들과 양지바른 담벼락에 웅기중기 모여 무뿌리 나눠 씹다, 어두워져 극장에 숨어들어간 심심한 그 자식들은, 제작된 지 수 년 혹은 수십 년 지난 쓰레기 활동사진에 잠시도 눈을 떼지 못했고,

다음날, '게리 쿠퍼 0.2초', '버트 랭커스터 0.3초', '아란 랏드 0.4초' ……, 미남 주인공과 그들의 권총 빼는 속도라는 비공인 기록 다투어 주장하는 화제는 긴긴 해 한나절 보내기에 충분했다.

중간중간 깔리는 휘파람 배경음악, '별 마크' 가슴에 단 백인 보안관과 사욕에 눈먼 백인 악당이 끈질긴 추격전 끝에 목장이나 술집 앞마당에서 최후의 일전—戰 벌이는 권선징악적 스토리가 주류였지만,

아무래도 '할리우드 서부극' 의 고전은 백인과 인디언 간의

처절한 싸움.

통상, 백인이 탄 포장마차를 아파치, 코만치, 나바호족 등의 인디언들이 습격하고, 뒤늦게 달려온 청색제복의 기병대가 수세 딛고 사나운 인디언 전사戰士들을 퇴치하는 총과 화살의 대결.

승패는 이미 결정 나 있었지만,

문제는, 우리가 한 번이라도 진짜 가해자, 피해자를 알려하지 않았다는 것, 제3자인 우리는 침 꼴깍꼴깍 삼켜가며 무조건 일방적으로 백인을 응원했다는 것, 얼굴에 손가락자국 닮은 껌정 몇 줄 바른 벌거벗은 인디언을 무조건 악역으로 생각했다는 것, 그들이 피와 비명 뿌리며 말에서 굴러 떨어질 때 엄청난 박수로써 통쾌해 했다는 것이다.

초창기 미美 백인들의 '서부개척사'가 사실은 '인디언대학살사'인 줄 안 건 세계사를 배운 이후―. 그로 하여 멸종되다시피 한 인디언, 미안해요.

타임머신 타고 온 외계인으로 보였을 침략자들에 맞서 싸운 당신 선조들의 항쟁이 생존의 몸부림인 줄 모르고, 그 패배에 일종의 카타르시스 안고 밤길 귀가하던 시절,

침탈당한 역사 당신들보다 더 먼저 더 많이 지닌, 평화의 테

두리 밖에서 늘 불안했던 당시의 우리가, 정작 평화 수호하려 했던 당신 조상들의 충정을 한때 은원恩怨 없이 미워해서,

　인디언, 정말 미안해요.

　우리는, 나는, 그땐 광활한 미합중국이 백인 고유의 땅인 줄 알았거든요.

진용秦俑
- 철부지의 추억 · 7

상영한 지 수년이 지난
중국영화 '진용秦俑'의 카세트 테이프를
오천 원에 사서 시청한 날 이후,
내 가슴앓이는 지금까지 이따금 도지고 있다.
진시황의 불사약을 훔쳐
정남情男에게 먹이고 화형 받는 궁녀와
약의 효험으로 영원히 불로불사하며
그녀와의 만남을 애타게 기다리는 근위장군의
만화로나 가능한 스토리.
심야에 가족 몰래 수십 번 재생해 볼 적마다
"당신은 내 가슴에 있어요.
흙 속에 묻혀서 사랑노래 불러요."
용俑이 된 채 주제곡 숨죽여 흥얼거리는 나는
지하궁전 군건히 지키는 장군이었고,
그 후, 첫 외유 때 들른 서안西安의
진시황 용마갱俑馬坑.
개미떼 같은 관람객들은 하나같이 까치발하고
도열한 흙인형들에게 감탄하고 있었지만,
나의 눈은 그 관중들 틈새로
환생궁녀 '동아冬兒'를 찾고 있었다.

그때 그 사람
- 철부지의 추억 · 8

그때 그 사람
아니, '그 사람들' 때문에
대학가요제 행운의 파도를 타고
인기 절정으로 치닫던 여대생가수의 운명을
그해 늦가을 밤,
한 순간 비운의 주인공으로 바꾼 노래.

자신의 피아노 반주에 맞춰 부르는
그녀 애잔한 음색처럼
슬픔 미리 예견하고 작사, 작곡한 듯한
상서롭지 못한 트롯임에도
언제부턴가 그것은 나의 유별난 애창곡이 되었고,
남성인지 여성인지도 불분명한
정체 모를 '그 사람'은
때와 장소 가리지 않고 접신接神하듯 찾아와,
주술呪術이듯 줄줄 흘러나왔다.

비가 올 땐 징후는 더욱 악화되었는데
그 일요일도 예외는 아니어서,
빗물 흐르는 베란다 창가에 턱을 괴고 서서

여가수 S와 비슷한 필링, 바이브레이션 곁들여
간주곡까지 넣어가며 스스로에게 도취되고 있었다.

"비가 오면 생각나는 그 사람~.
 언제나 말이 없던 그 사람~."

일 절—節을 미처 다 끝내기도 전인 그때,
주방에서의 금속성—.
"그때 그 사람이 도대체 누구예요?
어디 숨겨 논 사람 있어요?
별꼴이야, 청승 그만 떨고 들어와욧!"

서동요薯童謠

- 철부지의 추억 · 9

善化公主主隱　선화공주님은
他密只嫁良置古　남 몰래 시집 가놓고,
薯童房乙　서동 서방을
夜矣卯乙抱遣去如　밤에 몰래 안고 간다.

뜻풀이 아리송한 향찰鄕札 통해
어렴풋이 흑백상상만 하다가,
현대판 컬러 서동, 선화를 만나면서부터
예의 내 가슴앓이는 일 년여 동안 지속되었다.
결말 뻔한 각색된 내용보다
청순 깜찍한 선화의 미모 때문이었을 게다.
그 둘을 먼발치로 만나는
월, 화요일 밤은 잠을 설치기 일쑤였고,
산사山寺 마당에서건, 저자에서건
서동이 있어야 할 자리에 주제넘게 내가 있었다.
그럴 때마다 나는 무왕武王이기보다는
서라벌 골목, 골목에서 아이들에게
마薯를 나눠주며 참요讖謠 가르치는
영악한 백제청년이고 싶었고,
그들이 천 년을 거슬러 아스라이 사라질 때쯤

습관처럼 아쉬움을 흥얼거리곤 했다.

"요내 달이 다시 돌아와
사창을 적시면,
이내 이내 선화공주는
남 몰래 서동 각시가 된다.
아야, 어여, 어쩌나, 얼라리요.
달아, 달아, 보시면
아이고야, 어쩌나."*

* 2005~2006년 방영되었던 SBS드라마 '서동요' 주제곡 가사

아바타
- 철부지의 추억 · 10

또 하나의 지구가
머나먼 그 곳에 있었다.

오염되지 않고 청정한 하늘과 땅,
주라기와 흡사한 초록 생태계,
절경의 산, 계곡이 공중에 둥둥 떠 있고,
팔랑개비 닮은 오색 꽃잎이 꽃받침에서 떨어져
인간에게 다가와 파르르르~ 인사하는 곳.
푸른 얼룩말 피부, 꼬리 달린 키 큰 인간들이
당나귀 귀 쫑긋거리며 무표정 속에 웃고,
집채만한 야성의 원조 조상새들이
한 번 신뢰의 교감 통한 인간에겐 영원한 순종으로
그 주인 등에 태우고 훨훨 날아다니는
유토피아.

외다리장애우 병사兵士가
영혼을 그 곳의 자기 아바타로 옮겨,
튼실한 두 다리로 자연을 마음껏 뛰어다니는
사차원四次元 속 허구의 향연.
애초엔 스파이로서 유토피아 들락거리다가,

정복과 침탈에 미친 지구인에게 환멸과 분노 느껴
원주민의 전사戰士되어 유토피아 지켜낸 후,
최후 생사 갈림의 찰나에 결연히
지구귀환 포기하고 아바타의 삶 선택하는
SF 영웅담.

몇 해 전, 크게 다친 왼쪽 눈의 불편함과
심신心身 죄어오는 파괴의 힘에 시달릴 때마다
그곳에 내 아바타 없음을 안타까워하는 걸로 보아,
나는 어쩔 수 없는
영영 치유불능의 철부진가 보다.

늦깎이의 수업시대

나는 선생님의
말 잘 듣는 착한 학생이었기에
시詩는 호흡이 중요하다는 말씀에
밤 마당에서 심호흡을 자주하였고,
리듬을 살려야 한다는 말씀에
동네 야산에 올라가 곧잘 노래를 불렀으며,
'함축' 을 '함구' 와 비슷한 뜻으로 알고,
누구와도 되도록이면
말을 주고받지 않으려 애썼다.

그런 나를 두고,
중학교를 동문수학한
지금은 Y대학의 국문과 교수로서
매스컴도 많이 타는 이李모 시인이
그 시절 자네가 무척 부러웠고,
자넬 능가하는 시인이 되는 게 꿈이었다고
어떤 문단행사 뒤풀이마당에서 술회했을 때,
나는 몇 가지 디저트 과일 차림 중에
풋감에만 자꾸 손이 갔다.

4

미완성의 아름다움

미완성의 아름다움
- 교단일기 · 14

완전함만이
아름다운 것이 아니다. 더러는
만개한 꽃송이보다
새벽 꽃망울 더 예쁠 때 있고,
엄마 곁 맴도는 눈 덜 떨어진 강아지
몸짓 더 귀여울 때 있다.

아름다워라,
무명화가 그리다 만 그림조각, 먼 훗날
불후의 벽에 별 되어 빛 뿌리며 걸려 있고,
귀 먼 어느 날의 베토벤
달빛소리 겨우 담아 쓴 교향곡 한 편
운명처럼 오늘도 불멸의 건반 두드리고 있나니,

저기를 보라!
시의 준엄함 두려워 않고,
원고지와 연필 한 자루 달랑 든 채
풀잎 그림자 쫓아가는
소년소녀들의 갸륵한 발걸음
그 조심스럽고도 웅장한 보폭의 아름다움을.

숨은그림찾기
- 교단일기 · 15

숨은 그림을 모자이크하자.
힌트를 주셔요. 그러면 더 힘들단다.
점과 점, 선과 선 조각들을
이리저리 꿰어 맞추었다 뗐다 골몰하는 아이들.
야, 난 강가 궁전이네. 나는 숲속 잠자는 공주야.
어, 방아 찧는 토끼 아냐? 이게 뭐예요?
진짜 정답은 뭐예요? 참 잘 했어, 모두가 정답이야.
에이, 그런 게 어딨어요? 여기 있잖아.
궁전이기도 하다가, 공주일 수도, 토끼일 수도 있는
바로 보면 궁전, 거꾸로 보면 공주,
비스듬히 보면 토끼가 되는 참 신기한 모자이크.
쉬운 듯 풀기 어렵고, 어려운 듯 사실은 단순한
정답 없는 아니, 정답 한량없는
주관식 프리즘 공간.
너희만의 그림, 숨어있는 우주가
바로 시詩의 세계란다.

앞서 걷는 사람
- 교단일기 · 16

산행의 오르막길에서 저만치
홀로 앞서 걷는 사람이 부러울 때 있다.
분명 내 뒤에 있었는데,
어느 지점에선가 나를 제쳤을
바지런한 그 사람.
그 사정없는 추월이 미울 때도 있다.

허나, 조금만 유심히 보면
그의 힘 신비로운 끌림에 연유함을 알고
이내 부끄러워하게 된다.
우리가 깊이 없는 잡담에 빠져있을 때
그의 귀, 산새 혹은 풀벌레들의 온갖 사연
낱낱이 애써 들어주고 있음을.
우리가 졸졸 옹달샘에 목 축일 때
그의 땀방울, 나무 혹은 풀꽃들의 노고
낱낱이 쓰다듬고 위로하고 있음을.
가슴에 듬뿍 담아온 거름
섬 없이 마음으로 뿌려주고 있음을.

그러므로 그 생명들,

얼마나 그 사람 그리워하며 기다려왔을까를.
조금만 더 유심히 보면
그 추월은 결코 모멸이 아니라,
참스승의 묵묵한 보행임을 깨닫게 된다.

앵무새와의 산중山中 토론
- 교단일기 · 17

꽁꽁 얼어붙은 구룡九龍폭포 함께 오르내린
오목샘 귀엽고, 다리매 날씬하던 그 에미나이 앵무새
문화어가 미끄러운 얼음보숭이 같았다.

— 남측에선 외래어를 학교에서 정식으로 가르칩네까?
— 예, 가르칩니다.
— 왜 훌륭한 우리말을 두고 기딴 걸 가르치는 기야요?
— 우리말로는 적합한 표현을 할 수 없는 외국어들이 참 많
습니다. 지금은 세계화시대입니다. 세계인들과 더불어 호흡을
같이 하고, 그들과의 경쟁에서 이기기 위해선 필요한 외래어
를 반드시 알아야 합니다.

심심풀이로 손에 쥐어준
몇 개 기름사탕, 바삭과자 건성으로 쥔 채,

— 아니야요, 아무리 기래도 우린 료해 못해요. 기것은 우리
의 자주정신을 버리는 썩어빠진 정신상태야요.
— 꼭 그렇게만 생각해선 안 됩니다. 너무 그런 사고로만 살
아가면 우물 안 개구리 신세를 면치 못해요.
— 아니야요, 누가 뭐래도 우리는 우리 것을 지킬 기야요,

남측에서도 기렇게 가르쳐 주시라요.

　— 물론 아가씨와 나의 견해 차이는 있지만, 학교에 돌아가서 북녘동포들의 강한 자주정신만은 꼭 전해 줄게요.

　단말마처럼 들리는 소프라노 강변强辯—.

　나에게 '료해'가 생소했듯이, 그녀는 '사고'와 '견해'를 알아들었을까.

　문득, 고구려인과 신라·백제인과의 대화 장면이 빙판길 스크린에 실루엣으로 비치는데, 인적 뜸한 첩첩산중 위생실 앞에 부동자세로 서서, 눈바람 고스란히 맞으며 남자 1달러, 여자 4달러 사용요금 받는 선남선녀의 일상을 묻고 싶었지만, 몇 미터 일정한 간격으로 뒤에서 묵묵히 동행하고 있는 사내에게 영 친근감이 가질 않아,

　자꾸만 얼른 하산下山하여, 빨리 집에 오고 싶었다.

　일만 이천 봉 빙벽에 색동다리 걸릴 그 날은
　도무지 예측할 수 없었다.

마지막 출제
- 교단일기 · 18

시詩 '진달래꽃' 의 지은이를 쓰라는
단순 주관식 물음에
가수 '마야' 라고 많이들 적어낸 너희들.

지문, '이육사' 의 '광야'
위 시를 작품의 내적 요소만을 고려하여 감상한 내용으로 적
절치 않은 것은?
① 시간의 흐름을 꽃이 피고 지는 구체적 심상으로 제시하
였군.
② 스케일 큰 시·공간적 배경을 사용하여, 웅장한 느낌을
주는군.
③ 눈 내리는 겨울 심상으로 어려운 조국의 현실을 암시하
였군.
④ '산맥이 바다를 연모하다.' 등, 사물을 의인화하여 표현
하였군.
⑤ '매화 향기' 와 같은 상징적 시어 사용으로, 생명감을 드
러내었군.

사실은 난이도 그리 높지 않지만,
이 현란한 언어유희의 늪에서

얼마나 허우적거렸겠느냐, 얼마나 괴로웠겠느냐, 미안하다.

마음 같아선,
다음 아이돌그룹 중, 2012년을 가장 뜨겁게 달군
한류열풍의 선두주자로 꼽을 수 있는 팀은?
 ① 빅 뱅 ② 틴 탑 ③ 비스트 ④ 투 피엠 ⑤ 인피니트
너희 일상의 피부에 확연히 와 닿는 문제 주고 싶지만,
글쎄다, 그건 곤란해.
교과서완 전혀 무관하여, 타당도 제로이므로.

하여, 나는 지금 마지막 서비스로,
다음에 열거한 인물들 중, 여류시인은?
 ① 김소월 ② 고 은 ③ 김영랑 ④ 오상순 ⑤ 김남조
고사원안 초고를 작성해 놓고는 고민 중이다.
변별도 면에서 어딘가 찜찜하므로.
혹여, 전원이 맞추거나 혹여, 전원이 맞추지 못하면,
내가 반성의 경위서를 써내야 하므로.

그래서 더욱 미안하다.
이른바 '난이도, 타당도, 변별도'라는 미명의 덫에 묶여,

너희의 총명을 헷갈리게 해야 하는,
평균 삼십 퍼센트 안팎은 틀리게 해야 하는,
정답이 안개 속에서 모습 쉬이 나타내지 못하도록
끝까지 교묘한 연막전술 펼쳐야 하는 나를
오히려 너희가 너그러이 이해해다오.

수상한 아저씨

- 교단일기 · 19

"가을이라 가을바람 솔솔 불어오니,
푸른 잎은 붉은 치마 갈아입고서~"

가을을 잊은 아이들이
가을에 갇혀, 가을을 스쳐 지나며,
가을노래를 부르고 있었다.

"애들아, 나와 봐.
가을 속으로 들어와 봐."

숲을 곁에 둔 교실
창문 너머에서 손짓하는 내 목소리는
유리창에 알록달록 붙여진
가짜 단풍, 가짜 은행잎에 막혀,
아이들은 갸우뚱, 수군수군.

나만 괜히
수상한 아저씨가 되고 있었다.

마지막 수업
- 교단일기 · 20

여느 때처럼 그날도 지각한 프란츠는
경축일에나 입는 정장차림 아멜 선생님과
교실 뒤에 서 있는 마을 유지 분들의 숙연한 모습에서
무언가 이상한 낌새를 느꼈지만,

이 교실의 프란츠들은
이날 이 시간, 내게서 아무런 낌새도 느끼지 못했다.
나의 정장은 아이들에겐 너무도 낯익은 것이었으므로.
교실 뒤에 아무도 서 있지 않았으므로.

여느 때와 다른 분위기는
점심시간 무렵부터 진눈깨비가 날리기 시작했다는 것,
그것이 지금은 눈송이로 바뀌었다는 것 뿐.

창밖을 물끄러미 바라볼 뿐
눈사람 만들 감수성 드러내지 않는 아이들과
이 정도 각성제론 식곤증 도저히 물리칠 수 없는 아이들에게
내 '입력 마감'을 클릭해줄 겨를도, 필요도 없었다.
그것은 관심 밖의 사소한 일이었으므로.
이 정취 있는 바깥풍경을 두고도,
들려주고 싶은 솔깃한 '나랏말씀'이 딱히 떠오르질 않았다.

'귀신 이야기'가 시시해진 건 이미 오래 전.
젊은 시절, 나의 인기를 상승시켰던
명작소설 혹은 '명화 이야기'는 결코 동영상이 아닌 오늘이
므로.
다만, 펄펄 오랜만의 눈발이
사라진 회초리처럼 심화학습과 채팅하고 있었다.

종료 차임벨―.
문득, 아멜 선생님이 마지막으로 판서한
'Viva La France!'가 떠올라,
'고별!'이라 썼다가, 딱딱한 한자어다 싶어 얼른 지운 뒤,
'여러분, 안녕히!' 큼직한 궁서체로 다시 써놓고
교실을 나왔다. 언제나처럼……

그때, 웅성거림 들려 뒤돌아보니,
삼십육 년 함께 일과의 자양분 나눈 운동장의 나무들이
먼 길 달려온 동네 유지들인 양
눈을 뒤집어쓴 채 서운한 표정들을 하고,
여러 층 계단을 거쳐 허겁지겁 복도를 달려오고 있었다.
그뿐이었다.

동그라미 실루엣
- 진주 어머님께

라일락들이
양 갈래 꽁지머리 묶고,
동글동글 무더기로 늘어서서
용의검사 받듯 수줍어하는 4월―.
진주 어머님,
비원秘苑 부근의 찻집에서
진주랑 희선일 40년 만에 만났습니다.

라일락은 꽃말이
'젊은 그날의 추억' 이랬지요?
중간고사, 기말고사 답안지
빨강 색연필로 동그라미와 가위표
낱낱이 가려내던 시절

"학교일 함께 하느라,
오늘 진주가 좀 늦겠습니다."
제가 전화로 연락드리곤 했다지요?
"우리 진주도 이 담에
선생님 같은 선생님 꼭 되어라."
동그라미얼굴로 귀가한 딸에게

더 큰 동그라미 미소선물 주셨다지요?

진주 어머님,
하늘나라에서 기뻐하셔요.
어머님의 동그라미가 이루어졌네요.
베레모 얼굴, 라일락 그늘에 숨던 진주가
참 의연한 선생님이 되어 있네요.

나는 그때 고작
전화 연락밖엔 드리지 못했지만,
진주는, 김진주 선생님은
아동들을 집 앞까지 일일이 데려다주는,
내 라일락빛 실루엣 안경으론
중년의 그림자 전혀 찾을 수 없는
동그라미 소녀선생님에 멈춰 있네요.

북파北坡로의 상봉
- 백두산 참배기 · 1

안개 가루 흩날리는
이천칠백 고지 턱 밑까지 밀어 올려준
십이 인승 셔틀버스에서 내려

저 위ㅡ, 하얀 이마
엎어지면 코 닿을 듯하여
하늘인지 땅인지
천지天地도 모르고 허겁지겁 오른 곳
겹겹한 구름층계 맨 꼭대기에
아아, 영원한 어머님!
'천지天池'가 거기 계셨네.
수만 년 거룩한 모습, 마냥 그대로
천지天池를 위무하며 아우르고 계셨네.

초등학교 시절, 교과서로 배운
유구하고 자랑스런 역사 태동한 곳.
육십여 년 그리워했던 곳ㅡ.

뿌리 깊은 나무의 근원지,
샘 깊은 물의 발원지,

그 체온에 나의 뿌리 잠겨보고 싶었던
가없이 포근한 임의 품.
푸른 심장의 고고한 박동 느끼며,
열여섯 봉 장엄한 가슴속에 묻혀보았네.
어렵사리 찾아와주어 대견하다고
갸륵하다고 어여삐 여기시어,
고귀한 자태 활짝 펼쳐 안아주시었네.

단기檀紀 사천삼백사십칠년
칠월 초하루의 징오 무렵,
꿈결인 양 마침내 내가 거기 섰었네.

서파西坡로의 상봉
- 백두산 참배기 · 2

참으로 신령스러우시지,
고지마다의 갖가지 다른 기상氣象이란!
어느 곳엔 소나기가 퍼붓는데,
어느 곳은 가랑비가 뿌리고.
저 아래 계곡은 말끔히 개어있는데,
이 편 모롱이 돌면 폭풍우가 몰아치고.

이리도 일기불순한데
성체聖體를 과연 뵈올 수 있을까?
보행 더디게 하는 걱정의 숲.

어제는 쉽게 올랐으니,
오늘은 공들여 오르라는 가르침인가.
스미는 비바람 속절없이 맞으며,
인내, 정성 시험하는 일천사백마흔세 계단
몇 십 걸음 오르고, 쉬기를 반복한
숨 가쁜 삼십여 분―.

이윽고, 더 오를 수 없는
안개 자욱한 한 지점―.

비옷이나 우산으로 몸 가린
유령처럼 희끗희끗한 길손들의 틈새로

오오, 보인다!
짙은 구름떼는 거짓말처럼
봉우리들 호위하듯 멀찍이 둘러섰는데,
그 한가운데 선명한 비단 화폭 펼쳐주시는
임의 자애로우심이여!
누가 감히 '못'이라 하였나, 이 바다를!
누가 감히 '봉峯'이라 하였나, 이 용틀임을!

기약 못할 재회여,
별리別離의 서운함 못내 아쉬워
하산 길 불현듯 뒤돌아보니,

아아, 그 높은 곳에
구름안개 시침 떼듯 걷히는 그 공중에
널리 인간 이롭게 해주신 임의 보체寶體가
거대한 열여섯 잎 연꽃의 화석化石되어
생명수 한아름 가슴에 담은 채

하늘연못에 둥둥 떠 계셨다.
간절한 화두, 염화미소로 던지시며.

나는 그 꽃받침대에 올라서서
한 번도 어려운 친견親見의 소원
이틀 연속 이루는 광영光榮을 누렸나니.

장백폭포 앞에서의 사죄
- 백두산 참배기 · 3

더러는 물의 모습으로
자비慈悲 실천하시는 임의 화현을
여기서 봅니다.

당신의 화현化現
어디 이 한 곳 뿐이리오마는,
성聖스러운 그 등줄기
서슴없이 깊고 넓게 생채기 내시어,
천 길 낭떠러지로 백옥구슬 부서지듯
수만 년 세월 살신성인殺身成仁해 오신
임이시여!

당신께 진정 죄송스러움은
보은報恩 못하는 불손뿐이 아니라,
당신의 거룩한 존함 하나 지켜드리지 못한
부끄러움 때문입니다.

우리 옛집 문간방이었던
요동遼東의 대련大連에서부터
길고 긴 압록강 물길 거스르며

그 안마당 단동丹東, 통화通化를 거처,
2박 3일간 전세버스로 달리고 달려,
임의 곁 여기까지 오는 동안
당신의 본명本名을 한 번도 들어보지 못한
슬픔 때문입니다.

하오나, 임이시여!
너무 언짢아하진 마소서.
당신의 머리에 왕관王冠처럼 씌어진
백년설百年雪,
허리에서 사시사철 끊임없이 치솟는
더운 온천수溫泉水,
임의 자양분 대대로 먹으며 이곳에 뿌리내린
귀티어린 저 야생화野生花들이
일제히 증언합니다.

영문 모르는 현재의 구 할九割이
'눈 덮인 기간이 길다' 고 '장바이〔長白〕' 라 부르는
그 막연하고 진부한 이름보다는
오직 은혜로운 삶 살아오느라 머리 세실대로 세신

'백두白頭'가 사리에도 맞는 이름이라고.
그것이 진실 된
친모親母의 존함이라고.

임의 허리춤에 어느새 걸린
쌍무지개도 활짝 웃음으로 거들어줍니다.
내일 날씨는 더욱 맑고 화창하니,
결코 체념하지 마시라고……

집안集安 가는 길
- 백두산 참배기 · 4

그저께 길 되돌아와
다시 '통화通化'에서 넷째 밤 지새고,

중국 대륙 중원中原의
밋밋 무미건조한 풍광과는 어딘지 구별되는,
분명 처음 보나, 왠지 낯설지 않은
산길, 들길 달린다.

요처 요처에
갈가마귀처럼 달라붙어있는
한자漢字 떼들만 눈에 띄지 않는다면,
수억 명 중국군의 열병식인 양
그 군복처럼 펼쳐지는 옥수수밭만 아니라면,

금수강산 한반도의
여느 시골풍경, 판박이로 옮겨놓은 듯한
오순도순, 아기자기한 정겨운 길.

어디서 읽었던가.
대흥안령산맥大興安嶺山脈의 동과 서는

산세山勢의 면모 확연히 다르다는.
동東이 훨씬 기상 넘친다는.
흔들리는 파노라마에 연신 고개 끄덕여짐은
감회인가, 졸음인가?

이제 정신들 차리라는
잦은 좌우회전에 어렴풋 눈을 뜨니
차체車體 어느덧 도심으로 휘어드는데,

어라?
고대古代와 현대가 엄연히 함께 숨쉬는
거리, 골목 곳곳에 버젓이 내걸린 한글간판들!
'평양랭면',
'아리랑 삼겹살',
'남해 보신탕'.

아, 드디어 두 시간을 달려,
집안集安의 '우리 집안'에 들어왔구나.

광개토대왕 비碑 고찰
- 백두산 참배기 · 5

태왕릉 동쪽 200미터 아래
천육백 년 세월, 운검雲劒인 양 굳게 서 있는

높이 6.4미터, 너비 1~2미터, 무게 37톤,
각력응회암 대형 사면석四面石!

고구려 건국 유래, 초기 삼왕三王의 세계世系,
'국강상광개토경평안호태왕' 의
정복위업과 치적治積 상세히 기술한
1,802 글자, 예서체 음각 공덕비功德碑!

태왕 승하 이태 뒤인
서기 414년, 아드님 장수왕長壽王이 건립!

19세기 후반까지 정체불명의 거석巨石으로
야산 밭 가운데 방치되어 오다가,
1880년대에야 비로소 비문碑文의 내용 알려짐!

1928년, 집안현 지사知事 유천성劉天成이
2층형의 소형 보호 비각碑閣을,

1982년, 중국 당국이 다시
단층형 대형 비각을 세워 보존 중임!

업적처럼 긴 시호諡號 가운데
진취적이고 존영스런 사실적 어휘들은
모르는 척 다 생략해 버리고,
굳이 의미 모호한 '호태왕好太王'을 골라
'호태왕비好太王碑'라고 애써 부르는
실효적 점거자들의 폄하적인 소행, 생뚱맞고 얄밉지만,

어쩌랴! 뒤늦게나마 지붕 씌우고,
사방에 유리차단벽 세워 설우풍상雪雨風霜 막아주고,
빛에의 손상 우려해, 사진촬영 막아주는 그 온정

그나마 다행으로 여기고 감사해야 할 따름.
그 속셈 따지고 들 계제 아니므로.
2014년 7월 3일 현재—.

태왕릉太王陵에서의 기도
- 백두산 참배기 · 6

폐하, 태太대왕 폐하,
여기 이 구릉에 누워 계셨나이까.
용안龍顔 무척 알현하고 싶었나이다.

동편 저 이백 미터 아래,
거대한 금석비문金石碑文의
위대하신 생전업적 미리 읽지 않더라도,

수천 개 화강암 계단식 능陵.
한 변의 길이 육십육 미터 정사각형.
남아있는 높이 십오 미터.

천육백여 성상星霜 견뎌오는 동안
잊혀지고, 남이 방치하여
깎이고 짓밟혀 본모습 축소되었을지라도

벼락같던 그 불호령 자칫 들을까봐
새들도 비켜 날고,
풀들도 조심조심 몸 떨며 경배하는 곳.

못다 이룬 한恨 하도 애달파,
회귀 못 하는 삼족오三足烏 울음
칠월의 초여름 하늘도 써늘하게 하는데,

아아, 하늘이시여.
왜 우리를 불쌍히 여기지 않으시어,
민족웅비의 호기 무정히 끊으셨나이까.

성군聖君의 보령 39세로 거두시어,
장엄 견고했던 이 유택幽宅
이렇듯 폐허되어 민망하게 하나이까.

무엄한 백성들, 등산화 발길로
십여 미터 석실石室까지 올라가,
침전 엿보는 불경 저지르게 하시나이까.

성묘 상床 마련 못한 과오
길바닥 엎드려 큰절로 사죄하오니,
아둔한 이 불충 너그러이 용서하시고,

위신력威神力 후손에게 내려주시어,
고토故土 수복, 옛집 복원 새 단장하고,
그 시호, 세계사에 우뚝 떨치게 하소서.

국내성國內城 성터
- 백두산 참배기 · 7

남으론 압록강 중류,
북으론 환도산성丸都山城 두른
통구분지通構盆地의 서녘.

동쪽 벽 555미터,
서쪽 벽 664미터,
남쪽 벽 752미터,
북쪽 벽 715미터!

뼈마디 크기로 몸통 가늠되는
오곡백화 만발하는 소리,
승전勝戰 파발마의 말발굽소리,
전리품 실은 달구지소리 멎지 않았던
대제국大帝國의 심장.

허망하구나,
사백이십오 년 동안의 영화여!
성城 둘레 2,686미터―,
그 튼실했던 돌들 다 어딜 갔는가.

더러는 관공서의 벽돌로,
혹은 민초民草 집의 주춧돌로,
거덜 난 대갓집 남은 재산
노비들 사경私耕 주듯
한 개, 두 개, 터놓고 떼 내줘버리고,

마지막 꼬리뼈 두 토막인 양
서쪽, 북쪽 성벽의 일부분
귀퉁이 부서진 채 남아,
우람했던 몸집의 추억 그리워하고 있는.

압록강 유람선에서
- 백두산 참배기 · 8

우리 압록강,
어쩌다 피치 못해
강폭의 반을 남에게
무기한 무료임대 줬다는데,

경계 모를
그 반쪽 강물 위에
남의 백성들, 수도 없이
유람선 띄워 흥겹게 노는데,

우리네 반쪽엔
나룻배 하나 안 보이고,
망원경이, 총부리가
상대 쪽 언행만 겨냥할 뿐.

지상낙원 형제들은
너무나 호의호식하여,
몸무게에 배가 가라앉을까 봐
모두들 놀이동산 갔는가.

언제까지 우리는
남의 뱃전에 올라서서
지척의 우리 산야를
넋 놓고 바라보아야만 하는가.

우리 압록강,
천리 길 드센 팔자
액운 아직 끝나질 않아,
강폭 되찾을 날 멀어 보이는데.

에필로그
- 백두산 참배기 · 9

태우고 왔던 비행기가
그만 돌아가자고 자꾸 재촉합니다.

이제 저희는 떠나야 합니다.
이곳이 언제부턴가 우리 땅이 아니라서,
일정 기간 지나면, 떠나야 한답니다.
크나큰 어머님!
외로우셨던 어머님!
당신과의 정겨웠던 5박 6일은
반가움, 억함, 안타까움의 연속이었습니다.

치우기 힘든 장애물로 하여
지름길로 못 온 처지도 통탄스럽지만,
북파北坡로 오르든,
서파西坡로 오르든,
환인桓因, 통화, 집안, 이도백하二道白河 …….
분명 귀에 많이 익은 우리 옛 땅을 밟으면서도
왠지 현現 소유주의 눈총 느껴지던
귀향길이었습니다.

당신께선 일찍이
너른 가슴 혼연히 열어,
압록강, 두만강, 그리고 송화강!
길고 기름진 젖줄 흘러내려
널리 인간을 이롭게 하고자 하셨거늘,
오늘, 이로움 누리는 이들은
거의 이민족異民族의 자손들일 뿐.
정작 당신의 적손嫡孫들
아래쪽 이천오백 만은 굶주림에 허덕이고,
위쪽 이백 만은 뿌리 점점 말라가고 있습니다.

영원한 어머님!
그 포근한 미소 뒤로
소롯이 내쉬는 한숨소리 자주 들었습니다.
하지만, 지금의 저희로선
당신과 고락 함께할 약속, 드릴 수 없는 것이
답답하고 기구한 현실이군요.
잠시, 잠시만 머물다 떠나오더라도,
얼굴 잊지 않도록 자주 찾아뵙는 길 뿐.
쓰러지지 않도록 자주 강녕 돌보아드리는 길 뿐.

상봉의, 또 상봉의 그날까지
부디 만수무강하소서.

호수 길라잡이

소운素雲 선생님[1]은
우물 안 개구리 나를 손수
나룻배 저어 호수로 데려가주셨고,
이태홍李泰洪 선생님[2]은
넓이와 깊이 가늠법과 아울러
아름다움 그리는 방법을 가르쳐주셨고,
향천向川 선생님[3]은
물속의 풀이며 물고기들의 애환도
포착하는 기술을 가르쳐주셨다.

세 분 가르침의 공통점은
호수란 신비로운 곳인 바, 거길 더욱
높은 차원의 세계로 조경하란 것이었으나,
그 공간에는 블랙홀도 있어
자칫 그 속에 빠질 거란 경계의 말씀은

누구도 해주신 적이 없었기에
나는 걸핏하면 그 미궁의 늪에 빠져
자청한 괴로움에 가위가 눌려
혼자 허우적거리곤 한다.

1) 본명은 김무완(金戊浣). 중학교 때의 국어과 은사님으로서 비재(菲才)인 나를 시의 세계에 입문시킨 분이시며, 오십수 년이 지난 지금까지 사제지정(師弟之情)을 나누고 계신다.
2) 중고등학교 때의 문예지도 은사님으로서 불초(不肖)를 담금질시킨 분이시다. 일찍 고인(故人)이 되시어, 생전(生前)에 소찬 한 끼 올리지 못한 점이 늘 죄송스럽다.
3) 본명은 김용직(金容稷). 문학평론가. 전 서울대국문학과 교수로서 대학시절의 은사님이시며, 현재는 학술원 회원이시다. 시를 포기하고 방황하고 있던 나를 독려하시어, 등단까지 이끌어주셨다.